Hallo!

Finger ID aktivieren

oder Zugangscode eingeben

Einstellungen 3
Profil 6
Kartografie 10
Kamera 16
Chatbot 18
Pixelwelt 34
Antivirus 42
Paper Dating 48
Rezepte 56
Blick ins Innere 65
Wundersame Tierwelt 67
Love-Speech 78
Spiele 84
Notitzen + Tipps 90
Yoga 98
Wolken 104
Kontakte 106
Info 110

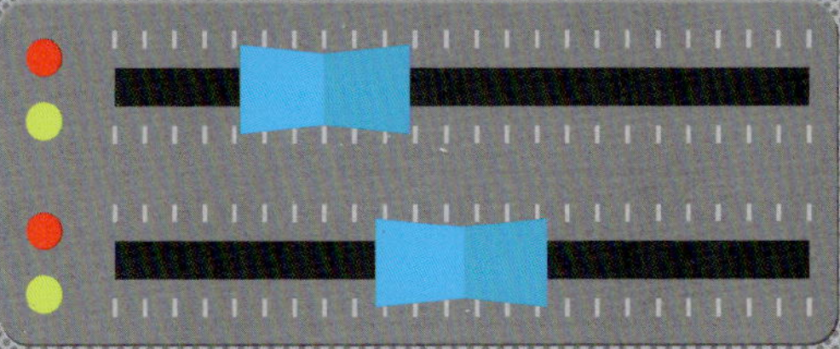

EINSTEL LUNGEN

Profil

Zutreffendes einkreisen und ergänzen,
Mehrfachnennung möglich

Ich höre:

Pop	**Rock**	**Hip Hop**	

Ich fahre:

Tesla	**Fahrrad**	**Bahn**	

Ich fliege:

Luftballon	**Lufthansa**	**zum Mars**	

Ich laufe auf:

Stilettos	**Socken**	**Wolken**	

Ich bin:

schlau	**einsam**	**laut**	**originell**
schüchtern	**entspannt**	**sportlich**	

Das sagen andere über mich:

schlau	**einsam**	**laut**	**originell**
schüchtern	**entspannt**	**sportlich**	

Zeichne dein Gesicht im Profil

DEIN AUGE ↘

#dummesbuch #selfieanalog #zumentsperrenstreicheln

Klingeltöne

Lass dein Buch klingeln

Ankunft der Prinzessin

Beethovens Wecker

Ruf der Ferne

Komponiere deine eigene Melodie

Komponiere deine eigene Melodie

Komponiere deine eigene Melodie

Komponiere deine eigene Melodie

Musikplaylist

Deine Top 10

Song	Interpret
1	
2	
3	
4	
5	
6	
7	
8	
9	
10	

KARTO GRAFIE

Der Mensch macht sich schon sehr lange Gedanken zur Darstellung der Erde und ihren vielfältigen Gegebenheiten wie Gelände, Gewässer und Verkehrswege. Die Umwandlung einer dreidimensionalen Fläche in eine zweidimensionale Darstellung ist eine komplexe Angelegenheit, an der sich im Laufe der Jahrtausende Gelehrte vieler Kulturen versucht haben.

Um 541 vor Christus erschuf der griechische Philosoph Anaximander die erste bekannte Karte, die auf Basis mathematischer und geometrischer Kenntnisse angefertigt wurde.

Prägend für die Kartografie sollten die Handzeichnungen des Griechen Ptolemäus um 100 n. Chr. werden. Mit der *Geographike Hyphegesis* schuf Ptolemäus die erste umfassende Darstellung der bekannten Welt des 2. Jahrhunderts. Ptolemäus Zeichnungen wurden mit dem aufkommenden Buchdruck um 1500 weit verbreitet.

Die moderne Kartografie wurde durch die Triangulation begründet, eine Technik, die schon in der Antike bekannt war und um 1615 von dem Holländer Snellius präzise ausgearbeitet wurde. Die Triangulation bildet noch heute die Basis der Landvermessung.

Heutzutage sind neben satellitengestützten Systemen auch Raumsonden Schlüsseltechnologien der Kartografie. Unlängst wurde die gesamte Oberfläche und die Atmosphäre kartografiert und erforscht – nicht auf der Erde, sondern auf unserem Nachbarplaneten Mars.

Finde Anna

Heute ist Annas Geburtstag und sie ist ohne ihr Smartphone unterwegs. Der Postbote hat ein Geschenk für sie, aber er kann sie nicht erreichen. Hilf dem Boten, Anna zu finden.

Deine Karte

In dieser App bist du die Kartografin.
Zeichne die Karte eines Ortes, den du gut kennst.
Nutze dafür die bestehende Legende und erschaffe deine eigenen Symbole.

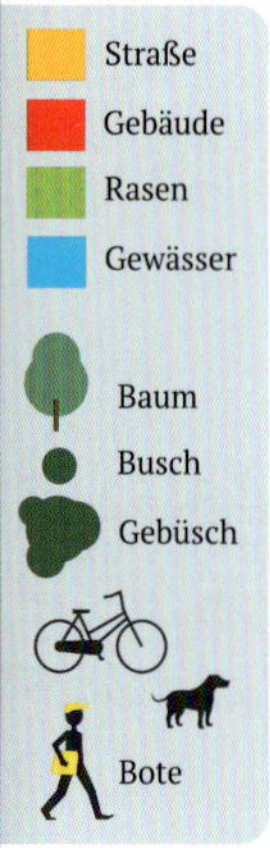

Kamera

Zeichne, was du siehst

Kamera

Dreh dich um und
zeichne, was du siehst

CHAT BOT

Die Nutzung von Chat-Apps steigt weltweit fortlaufend an – im selben Maße steigt auch das Gefühl der erlebten Einsamkeit. Menschen, die soziale Medien täglich mehr als zwei Stunden nutzen, fühlen sich im Vergleich zu denen, die sie weniger als 30 Minuten nutzen, mit einer auf das Doppelte erhöhten Wahrscheinlichkeit einsam.[1]

Ein Chatbot (Chat-Roboter) ist ein Software-Programm, das dialogisch mit Menschen kommuniziert. Häufig werden Chatbots im Bereich Kundenberatung eingesetzt. Teilweise kann man schon heute nicht mehr unterscheiden, ob man mit einem Menschen oder einem Roboter kommuniziert.

Chatbot

10 Hast du einen Lieblingsort? Einen Platz, an dem du ganz du selbst sein kannst?

11 Beschreibe mir deine perfekte Location. Ganz egal, ob sie real oder ausgedacht ist.

12 Hast du Lust, jetzt ein Spiel mit mir zu spielen?

JA

NEIN, DANKE,
ich habe jetzt keine Lust.

Chatbot

13 Willkommen zur Storytelling Challenge.

14 Auf den folgenden Seiten zeige ich dir eine Technik, mit der du Geschichten erfinden kannst. Egal, ob du ein Drehbuch, ein Theaterstück oder eine Kurzgeschichte schreiben möchtest, ein paar Tricks werden dir dabei helfen.

15 Bist du bereit?

JA NEIN

16 Eine Geschichte zu entwickeln ist ein bisschen so wie kochen. Du benötigst gute Zutaten und eine Portion Kreativität.

17 Im Zentrum jeder Story steht eine Person. Frau oder Mann oder divers, der Einfachheit halber schreibe ich in der femininen Form.
Also, gib deiner Heldin einen Namen:

Chatbot

18 Ein anderes Wort für Heldin ist Protagonistin. Beschreibe mir deine Protagonistin. Beginne mit dem Aussehen, aber beschränke dich nicht darauf.

19 Persönlichkeitsmerkmale sind wichtig und bilden die Grundlage eines interessanten Charakters.

20 Ist deine Protagonistin vielleicht groß und stark und hat Angst vor kleinen schwarzen Spinnen? Hat sie einen Beruf? Welche besonderen Merkmale fallen dir an ihr auf?

21 Es gibt kein Falsch oder Richtig. Erwecke deine Heldin zum Leben – Wort für Wort.

Chatbot

Was hat deine Heldin bei sich? Einen
Freund? Ein Tier? Eine Waffe? Einen
22 Rucksack mit geheimnisvollem Inhalt? Sei
frei und spontan in deinen Erfindungen,
überrasche dich.

Chatbot

23 Gut gemacht! Ich kann es mir schon vorstellen. Jetzt benötigen wir einen Handlungsort. Wo ist deine Heldin in diesem Moment?

24 Beschreibe den Ort mit wenigen Worten. Adjektive helfen, eine Stimmung zu erzeugen. Achte auf Details, die dir in den Sinn kommen.

25 Eine Geschichte kann in der Vergangenheit, in der Gegenwart oder in der Zukunft spielen. Wann spielt deine Story? Beschreibe drei wichtige Details deiner Handlungszeit.

Chatbot

26 Die Erzählzeit ist die Zeitspanne, die vom Anfang bis zum Ende deiner Geschichte vergeht.

27 Als Autorin versuchst du in der Regel die Ereignisse deiner Geschichte auf eine möglichst kleine Zeitspanne zu verdichten, man nennt das Dramatisierung.
Mach dir dazu Notizen.

28 Du hast jetzt die wichtigsten Zutaten für deine Geschichte beisammen. Merke: Du kannst immer wieder hierher zurückkommen und alle Details verändern.
Geschichten zu erfinden heißt, mit allen Teilen der Erzählung zu jonglieren.

29 Gleich wird deine Heldin aufbrechen und ein Abenteuer erleben! Bist du bereit für Teil 2?

JA, GERNE

NEIN, DANKE
Geh zu #40

Chatbot

30 Jeder Mensch hat ein Ziel, groß oder klein, bewusst oder unbewusst. Dein Charakter bekommt jetzt auch ein Ziel. Möchte deine Heldin in den Urlaub fahren und benötigt dafür Geld? Sucht sie sich einen Job oder klaut sie das Geld? Oder träumt sie davon, als erster Mensch zum Mars zu fliegen? Die Möglichkeiten sind fast unendlich.

31 Merke: Je persönlicher das Ziel ist, desto fesselnder wird die Story.

32 Wenn deine Heldin ihr Ziel ohne Probleme erreicht, dann gibt es keine Story. Deshalb ist es die wichtigste Aufgabe der Autorin, Hindernisse zu erfinden.

Chatbot

33 Hindernisse sind die entscheidende Zutat im Story-Rezept. Je schwieriger es für deine Heldin ist, ihr Ziel zu erreichen, desto fesselnder wird die Geschichte.
Erfinde Hindernisse.

34 Häufig werden die Hindernisse durch eine Gegenspielerin dramatisiert. Die sogenannte Antagonistin verhindert, dass die Heldin ihr Ziel erreicht. Es kann sich dabei um ein Monster handeln, manchmal ist es aber auch der beste Freund / die beste Freundin.

Chat-Bot

35 In Komödien steht sich die Heldin oft selber im Weg.

36 Beschreibe die Gegenspielerin ähnlich detailliert wie zuvor deine Heldin.

Chatbot

37 Respekt! Du hast jetzt die wichtigsten Elemente, die du für eine Geschichte benötigst. Auf der langen Reise deiner Heldin zu ihrem Ziel wirst du weitere Charaktere, Orte, Hindernisse und die daraus resultierenden Konflikte erfinden. Lass deine Fantasie galoppieren wie ein wildes Pferd in einer staubigen Steppe!

38 Auf den folgenden Seiten gibt es Platz, um deine Idee weiter zu entwickeln.

39 Zum Abschied sage ich: Danke. Es war mir eine Freude. Bis bald!

40 Du bist schon weit gekommen. Mach eine Pause. Selbst berühmte Schriftstellerinnen arbeiten kaum mehr als drei bis vier Stunden täglich. Danach lässt die Konzentration nach. Ein Spaziergang an der frischen Luft oder ein kleines Nickerchen erfrischen den Geist. Weiter geht es bei #30.

41 Schade.

42 Okay. Dann mach doch ein paar Pfannkuchen und komm später wieder. Weiter geht es bei #16.

Das Exposé

Das Exposé bildet die Struktur der Geschichte ab und dient als Leitfaden für die weitere Entwicklung der Handlung. So könnte es aussehen:

1. Teil: Der Anfang der Geschichte. Beschreibe die Protagonistin und ihr Ziel. Wieso kann sie ihr Ziel nicht erreichen? Am Ende von Teil 1 kann sie nicht mehr zurück in ihr altes Leben.

2. Teil: Beschreibe drei wichtige Ereignisse, die deiner Heldin zustoßen. Bringe die Heldin in aussichtslose Situationen. Am Ende von Teil 2 scheint alles verloren, ihr Ziel ferner denn je.

3. Teil: Das Ende der Geschichte. Wie gelingt es der Heldin, doch noch alles zum Guten zu wenden? Erreicht sie ihr Ziel? Ein überzeugendes Ende ist überraschend und dennoch plausibel.

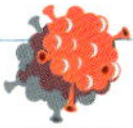

PIXEL

WELT

Pixel-Art aka Nonogramm

Das Ziel dieses Spiels ist, ein verstecktes Bild zu entschlüsseln. Neben jeder Zeile und über jeder Linie befindet sich ein Code mit der Angabe der genauen Länge eines zusammenhängenden, auszumalenden Blocks. 10 steht also für zehn aufeinander folgende Pixel, die ausgemalt werden müssen, jeweils gefolgt von einer unbekannten Anzahl weißer Pixel.

Wichtig – markiere nur Pixel, von denen du sicher weißt, dass sie ausgemalt werden müssen. Ein einziger Fehler kann sich im Laufe des Spiels über die gesamte Seite ausbreiten und die Lösung zerstören. Viel Spaß!

Beispiel
So sieht das aufgelöste
Mini-Nonogramm aus:

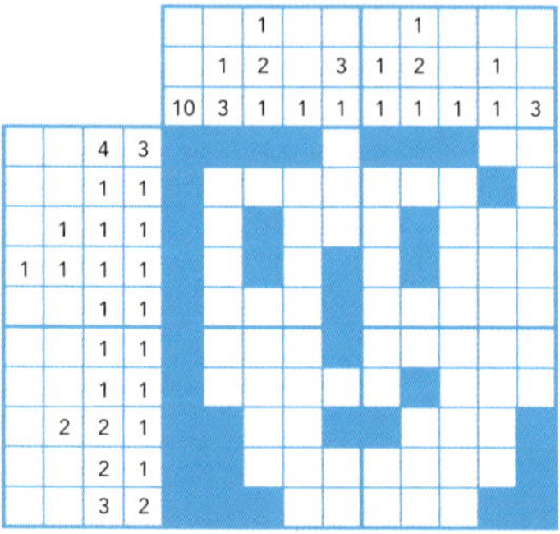

Los geht's!

Zum Start etwas Einfaches:

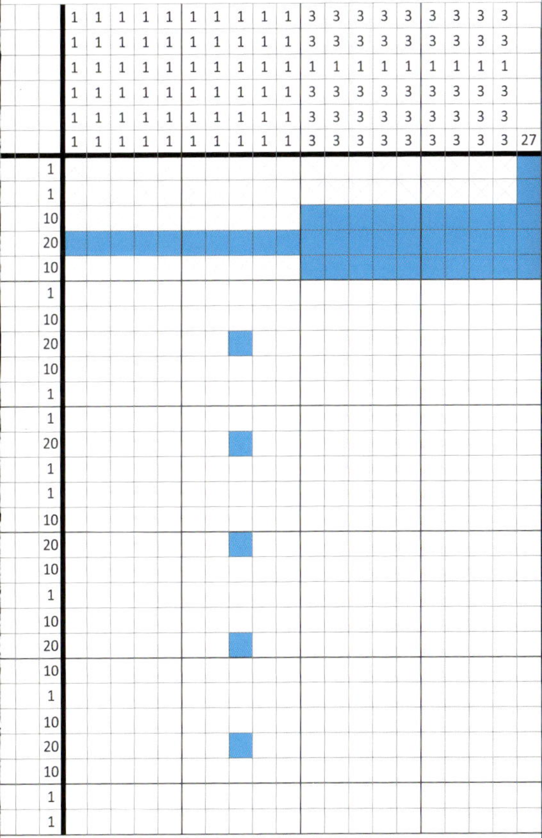

Aufgelöste Pixel

Feststehende leere Pixel

										3	3					3	3						
										2	2					2	2						
										2	2					2	2						
								5	5	2	2					2	2	5	5				
				5	5	7	7	2	2	2	2	1	1	1	1	2	2	2	2	7	7	5	5
				16	16	10	10	4	4	2	2	6	6	6	6	2	2	4	4	10	10	16	1
				4	4	8	8	2	2	2	2	6	6	6	6	2	2	2	2	8	8	4	4
			20																				
		8	8																				
		8	8																				
		6	6																				
		6	6																				
		2	2																				
		2	2																				
2	2	2	2																				
2	2	2	2																				
		2	2																				
		2	2																				
	6	4	6																				
	6	4	6																				
	4	8	4																				
	4	8	4																				
	6	4	6																				
	6	4	6																				
		8	8																				
		8	8																				
		4	4																				
		4	4																				
2	2	2	2																				
2	2	2	2																				
		2	2																				
		2	2																				
	2	8	2																				
	2	8	2																				
	6	4	6																				
	6	4	6																				
	4	8	4																				
	4	8	4																				

											4								
									2	3	1	5	6						
								20	18	16	9	4	2	7	7				
29	28	28	28			1	22	2	2	3	3	3	4	11	5	8	9	10	12
2	1	1	1	27	26	24	1	1	1	1	2	3	4	5	6	7	9	10	13

	7	11
	6	11
	7	10
	8	9
	9	8
	10	7
	11	6
	12	4
	11	3
	11	2
	11	1
2	2	1
	12	2
	12	1
	13	1
	13	2
	13	2
	13	2
	12	2
	12	3
1	2	1
1	3	1
0	3	1
9	3	2
8	2	3
7	2	3
5	2	4
3	2	5
	1	6
		7
		8
	1	9
	4	12

DEINE KAMERA WURDE GEHACKT!!!

Zeichne, was du siehst,
mit deiner schwachen Hand

DEINE KAMERA WURDE GEHACKT!!!

Zeichne, was du siehst,
ohne aufs Papier zu gucken

ANTI
VIRUS
PROG
RAMM

Viren enthalten das Programm zu ihrer Vermehrung und Ausbreitung, sie können sich aber nicht alleine fortpflanzen. Zur Replikation sind Viren auf den Stoffwechsel einer Wirtszelle angewiesen. Aus diesem Grund sind sich Virologen weitgehend darüber einig: Viren sind keine Lebewesen. In einer einzigen befallenen Zelle können sich bis zu 1000 neue Viren bilden.

Escherichia-Virus Lambda

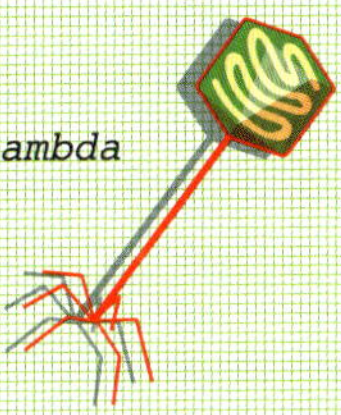

Ein **Computervirus** ist ein Code, der Dateien auf Computern „infiziert". Viren verbreiten sich über Wechseldatenträger oder werden per E-Mail-Anhang versendet. Mit der Vernetzung der Computer über das Internet kamen die Computerwürmer ins Spiel. Manche Würmer nutzen das Adressbuch von E-Mail-Programmen, um sich selbst zu versenden. Der Wurm LoveLet-A verbreitete sich im Mai 2000 explosionsartig auf 45 Millionen Rechnern. Die Betreffzeile der E-Mail lautete „ILOVEYOU".

Computervirus

```
ToInfect.CodeModule.AddFromString
("Private Sub Document_Close()")
Do While ADI1.Codemodule.Lines
(BGN, 1) <> "" ToInfect.CodeModule.
InsertLines BGN, ADI1.CodeModule.
Lines(BGN, 1) BGN = BGN + 1
```

ACHTUN6!!1

Dein Antivirus-Programm schlägt Alarm. Du hast dir eine Malware eingefangen. Viren und Würmer haben dein Betriebssystem befallen. Entweder du zahlst für das kostenpflichtige Upgrade deiner Antivirus-App oder du musst die fiesen Eindringlinge mit dem Viren-Shooter erledigen. Beeile d!ch! Die Viren_vermehr(n s!ch ra$end sc*hn--ell1.

Werbung

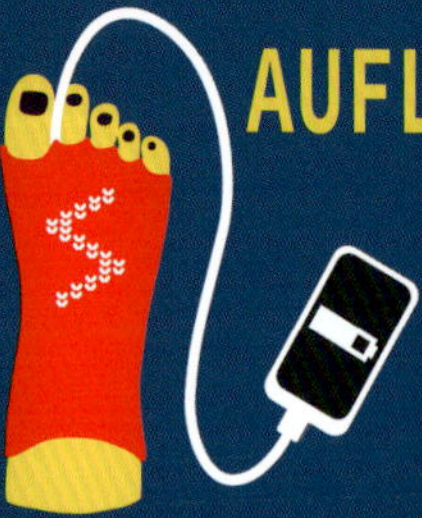

AUFLADESOCKE

Transformiere die Hitze deiner Füße zu Energie!

Le Monodraw

Für eine authentische Monobraue

Rock'n'Rolle 2 in 1

Karaoke reinvented

Gestalte deine eigene Werbung

PAPER DAT ING

Wie auch auf sozialen Netzwerken setzen wir uns bei Dating-Apps einer ständigen Beurteilung und Bewertung von fremden Menschen aus. Wir werden unter diesem Druck zu Selbstdarstellern. Wir füttern die Apps mit Bildern, auf denen wir glücklicher, sportlicher, sexyer sind, als wir uns an einem normalen Tag fühlen. Fast jeder tut das. Wir wollen nicht nur dem Gegenüber, wir müssen auch den Algorithmen gefallen. Denn auf Basis personenbezogener Daten und unseres Online-Verhaltens generieren die von den Firmen geheim gehaltenen mathematischen Formeln sogenannte „Matches“.

Es gibt Studien, die darauf hindeuten, dass die Selbstinszenierung und der Versuch, einem überhöhten Idealbild zu entsprechen, negative Auswirkungen auf die Psyche haben. Nutzer von Dating-Apps sind mit ihren eigenen Körpern weniger zufrieden.[2]

Herzlich wilkommen zur Paper-Dating-App!

Gleich wirst du sie ansprechen, die Person deiner Träume, aber plötzlich rast dein Herz wie verrückt, du bekommst kaum noch Luft und deine Beine wollen dich nicht mehr tragen. Deine Hände sind feucht, kalter Schweiß läuft dir über den Rücken, dir wird schwindlig, du musst dich setzen. Und schon ist die Gelegenheit dahin. Es ist die Angst vor der Zurückweisung, die Angst, sich lächerlich zu machen, die dich zurückhält. Jeder Mensch, der wirklich mal verliebt war, kennt dieses Gefühl der Ohnmacht.

Diese Erfahrungen sind Teil der Suche nach einer Partnerin, einem Partner. Vielleicht hilft es, sich daran zu erinnern, dass nicht jeder jeden auf dieselbe Weise wertschätzen und begehren kann. Deshalb ist die Liebe doch so besonders! Zurückweisungen sind eine wichtige Lebenserfahrung. Und jedes Wagnis kann ein persönlicher Erfolg sein.

So geht es:

Zettel beschriften, ausschneiden und mit einem Lächeln überreichen, auf den Tisch legen, per Post schicken oder von einer Freundin überbringen lassen. Am schönsten bist du, wenn du dich nicht verstellst und Mut hast, Gefühle zu zeigen.

Viel Glück!

Für mich zählen innere Werte –
was ich dir trotzdem schon lange sagen wollte:

Du bist voll süß.

Eigentlich wollte ich dich längst ansprechen – aber ich verpasse immer den richtigen Moment.

Ich weiß nicht, was los ist, ich muss ständig an dich denken.

Ich kenne deine Accounts auf Facebook, Instagram, Snapchat, TikTok, YouTube, Twitter – aber was ich dir sagen möchte, ist mir zu wichtig, um es dir auf das Smartphone zu senden:

....

....

Das wollte ich dir schon lange sagen:

....

....

....

....

REZE
PTE

Kochrezepte sind wie Zaubersprüche – einmal gelernt, kann man sie überall anwenden und andere mit Köstlichkeiten verzaubern. Die Rezepte in dieser App lassen sich einfach umsetzen und bieten viel Raum für Improvisation. Selber kochen ist preiswert, gesund und magisch.

Pizza Pizza

Fliegende Pfannkuchen

Französischer Fruchtkuchen

Dein Rezept*

*Wenn es dir wieder einmal richtig gut schmeckt, frag doch die Köchin oder den Koch nach dem Rezept.

Fliegende Pfannkuchen

Damit macht man allen eine Freude am Morgen.

Die magische Formel (g): 1/3 Mehl + 2/3 Milch + 1 Ei

Mengenangabe für 2 Personen:

100 g Mehl

200 g Milch

1 Ei

Öl für die Pfanne

1. Zutaten gut verrühren.

2. Etwas Öl in der Pfanne verteilen (Stufe 5 bis 7).

3. Eine Kelle Teig in die Pfanne geben und je Seite etwa 1 Minute backen.

4. Mit Marmelade, Zitrone-Zucker, Apfelmus, Zucker-Zimt oder Schoko bestreichen.

Guten Appetit!

flip

Dein Rezept

BLICK INS INNERE

Blick ins Innere

Weltweit wurden 2019 etwa 1,3 Milliarden Smartphones verkauft. In Deutschland kaufen sich Verbraucher im Schnitt alle 21 Monate ein neues Smartphone.

Etwa 60 verschiedene Stoffe werden für die Produktion eines Smartphones benötigt. Seltene Erdmetalle spielen eine wichtige Rolle bei der Miniaturisierung der Geräte. Seltene Erden kommen in der Natur nie rein, sondern stets im Verbund miteinander vor. Sie liegen meist nur in kleinen Mengen, in sehr vielen, weit verstreuten Mineralien vor. Die Gewinnung ist daher sehr aufwendig und mit erheblichen Mengen an giftigen Abfällen verbunden.

Was steckt wo drin? jetzt

Kamera-LED:
Yttrium, Indium,Gallium, Gadolinium

Leiterplatte:
Tantal, Palladium, Gallium,
Gold, Silber, Platin, Kupfer

Lautsprecher und Mikrofon:
Neodym-Eisen-Bor-Magnete, Praseodym

Kamera
Prozessor:
Gallium dient zur Dotierung von Silizium. Für die elektrischen Kontakte werden Gold, Silber, Platin, Kupfer verwendet.
Leiterplatte
Modem 5G
USB-3
Kobalt, das unersetzliche Metall in den Lithium-Ionen-Akkus, stammt überwiegend aus Minen des Kongo. Bekannte Probleme beim Abbau sind: Kinderarbeit, katastrophaler Arbeitsschutz, Menschenrechtsverletzungen.
Li-ion
Lautsprecher
Mikrofon

Verbinde die Punkte

Eretmochelys imbricata (lat.)

Gewicht: bis 80 kg
Länge: bis zu 1 m
Alter: bis zu 40 Jahre
Erhaltungszustand:
vom Aussterben bedroht

Echte Karettschildkröte

Echte Karettschildkröten findet man sowohl im offenen Ozean als auch in Mangrovensümpfen und Flussmündungen. Ihr Hauptlebensraum sind klare, seichte Korallenriffe.
Die Karettschildkröte wird sehr langsam erwachsen. Bis zur Geschlechtsreife vergehen bis zu 35 Jahre. Die erwachsenen Tiere sind normalerweise schwarz bis dunkelbraun mit gelblichen, hellbraunen, teilweise rötlichen Flecken.

Trotz Verbote sind die Jagd nach und der Handel mit dem Schildkrötenpanzer eine der Hauptursachen für das Verschwinden der Karettschildkröte. Das wertvolle Schildplatt wird in der Schmuckindustrie verwendet. Aber auch Eier und Fleisch der Karettschildkröte werden weiterhin von Menschen konsumiert.

Mal mich an

Bartgeier

Der Bartgeier ist einer der größten flugfähigen Vögel der Welt und der größte Greifvogel Europas. Er ist ein wendiger und geschickter Flieger und lebt in festen Partnerschaften. Typische Lebensräume des Bartgeiers sind alpine und montane Bergregionen oberhalb der Baumgrenze.

Seine Nahrung besteht zu großen Teilen aus Knochen von gefallenen Tieren. Bartgeier lassen die Knochen aus großer Höhe auf Felsen fallen, um sie zu zerkleinern und schlundgerechte Stücke zu erhalten. Eine weitere Besonderheit ist das angeborene Verhalten der Tiere, sich ihr Gefieder mit eisenoxidhaltigem Schlamm einzufärben.

Gypaetus barbatus (lat.)

Gewicht: 4,5 bis 7 kg
Länge: 94 bis 120 cm
Flügelspannweite: 2,30 bis 2,83 m
Erhaltungszustand: potenziell gefährdet (abnehmende Population)

Mal mich an

Das Riesenschuppentier

Bereits vor 47 Millionen Jahren lebten Verwandte des Schuppentiers – heute ist es das am häufigsten illegal gehandelte Säugetier der Welt. Das Riesenschuppentier kommt in West- und Zentralafrika vor. Sein Körper ist mit Hornschuppen bedeckt, deren einheitliche Färbung von graubraun zu gelbbraun variiert. Das Riesenschuppentier lebt einzelgängerisch als nachtaktiver Bodenbewohner überwiegend in tropischem Tiefland und Sumpfwäldern.

Tagsüber versteckt es sich in Gebüschen, unter umgefallenen Bäumen oder in Erdhöhlen. Seine Nahrung besteht aus Ameisen und Termiten. Die Beute verschlingt es mit seiner langen, klebrigen Zunge. Bei Gefahr rollt sich das Tier zu einer Kugel ein. Es kann Schläge mit dem Schwanz und dem überaus kräftigen Krallen der Vorderfüße austeilen. Das Weibchen bringt in der Regel ein einzelnes Jungtier pro Jahr zur Welt. Weitere Arten der Schuppentiere sind das Weißbauchschuppentier und das Palawan-Schuppentier.

Smutsia gigantea (lat.)

Gewicht: 30 bis 35 kg
Länge: 67 bis 81 cm
Erhaltungszustand:
potenziell gefährdet

Mal mich an

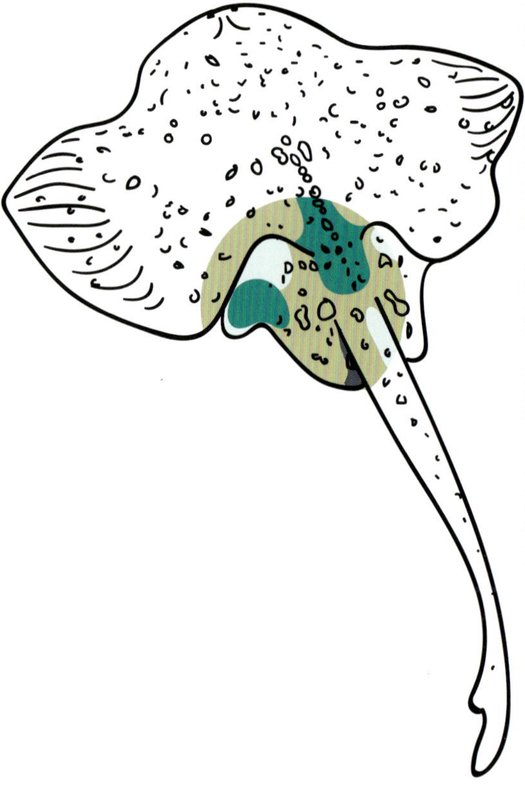

Der Kleine Rochen

Der Kleine Rochen lebt in einem Gebiet entlang der nördlichen Atlantikküste der USA und Kanadas. Er ist nachtaktiv und verbringt den Tag am Boden, leicht eingegraben im Sand.
An seinem Kopf befindet sich ein besonderes Sinnesorgan: die Lorenzinischen Ampullen, mit denen er elektrische Felder und Temperaturunterschiede wahrnehmen kann. Das dient vermutlich der Ortung von Beute im unmittelbaren Umfeld.

Am Schwanz des Kleinen Rochen sitzt ein weiteres Organ: das Elektroplax. Es erzeugt elektrische Spannungen, die mutmaßlich der Ortung und Kommunikation mit Artgenossen dienen. Für Menschen ist der Kleine Rochen ungefährlich.

Der Kleine Rochen wird als Nahrungsmittel gefangen und überwiegend nach Europa und Asien exportiert. Viele Tiere sterben als Beifang in den Netzen der Schleppnetzfischer. Jungtiere werden als Köder für den Hummerfang benutzt.

Leucoraja ocellata (lat.)

Gewicht: 0,3 bis 1 kg
Länge: 40 bis 100 cm
Erhaltungszustand: gefährdet

LOVE SPE ECH

Die grüne Tür bellt

Jede positive Stimme ist eine Stimme für die Schönheit der Welt.

In den Kommentarspalten auf Blogs, sozialen Netzwerken und in Internetforen finden sich eine Menge gedanklicher Abfall. Niemand ist vor diesem Abfall sicher. Diese Verunreinigungen aus Hass, Rassismus, Lügen, Beleidigungen, Verleumdung, übler Nachrede, Sprachverbrechen können gravierende Auswirkungen auf das Wohlbefinden haben. Und Hassrede beeinträchtigt freie Meinungsäußerung im Netz.

Mit dieser App kannst du Teil der **Love-Speech-Bewegung** werden und das Internet etwas menschlicher und freundlicher machen.

SPI ELE

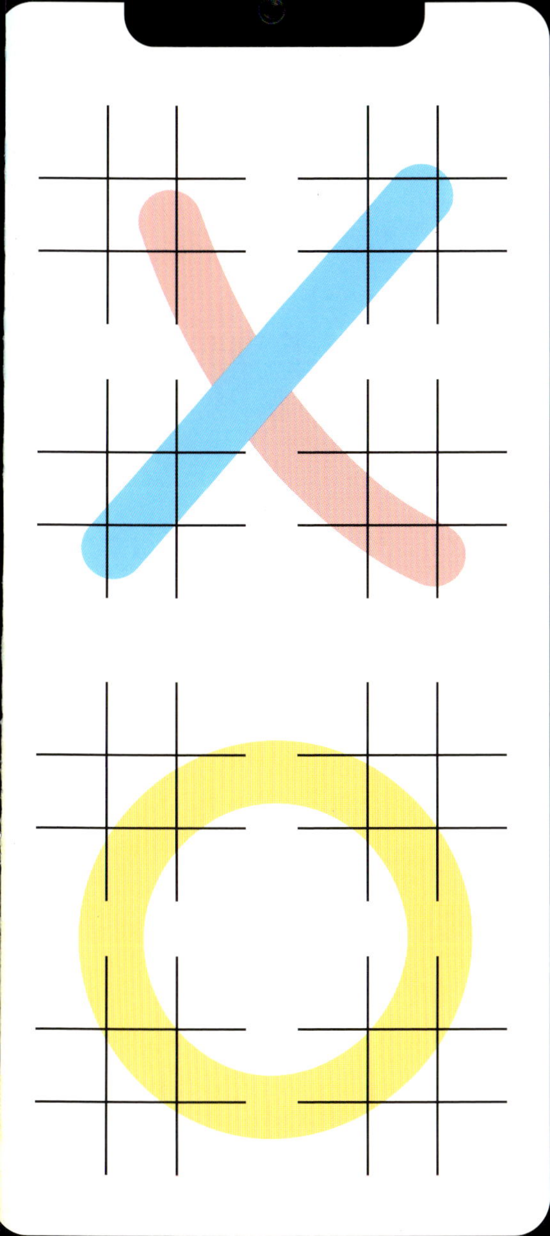

Notizen + Tipps

Datum:

Tipps jetzt

Entgifte dein Smartphone 1

Wusstest du, dass die meisten Notifications von den Apps selber generiert werden mit dem Ziel, dich von ihnen abhängig zu machen?
Versuche doch mal, alle Notifications abzustellen, die nicht der direkten Kommunikation mit deinen Freundinnen dienen.

Datum:

Tipps jetzt

Entgifte dein Smartphone 2

Knallige Farben ziehen unsere Aufmerksamkeit auf sich. Wusstest du, dass du deinen Bildschirm auch in Graustufen anzeigen lassen kannst? Das geht ganz einfach in den Bildschirmeinstellungen – und plötzlich ist dein Bildschirm voll entspannt.

Datum:

Tipps jetzt

Entgifte dein Smartphone 3

Boahhhhhh – ist dir auch soooo langweilig? Smartphones werden häufig genutzt, um sich abzulenken. Dabei sind Bücher, Rätsel, Kritzeleien auf Papier gute Alternativen, die Langeweile zu vertreiben. Oder schau dich einfach mal um und lächle jemandem zu.

Datum:

Tipps jetzt

Entgifte dein Smartphone 4

Der Tipp des Tages lautet: Trage eine Armbanduhr! Denn wenn du jedes Mal aufs Smartphone schaust, um die Uhrzeit zu erfahren, wirst du automatisch auch neue Nachrichten checken. Mit einer Uhr am Handgelenk hast du einen Grund weniger, nach deinem Smartphone zu greifen.

Datum:

Tipps jetzt

Entgifte dein Smartphone 5

Okay, bist du bereit für die ultimative Challenge? Lösche deine Facebook-App. Klingt erst mal wirklich hart – aber Studien zeigen, dass Facebook negative Gefühle erzeugt und eine Depression auslösen kann. Bei Menschen, die Facebook verlassen haben, ließ sich eine Verbesserung der Stimmungslage nachweisen.[4]

Datum:

Tipps jetzt

Entgifte dein Smartphone 6

Du musst für eine Prüfung lernen oder schreibst gerade deinen ersten Roman? Ich rate dir: Lege das Phone irgendwo hin, wo du es nicht sehen und nicht hören kannst, idealerweise in einen anderen Raum. Studien zeigen, dass die Konzentration und Lernfähigkeit deutlich steigt, wenn das Phone in einem anderen Raum aufbewahrt wird.

Datum:

Tipps jetzt

Entgifte dein Smartphone 7

Kennst du das? Du willst nur kurz die Uhrzeit checken und bleibst bei deinen Social-Media-Apps oder YouTube hängen? Das muss nicht sein. Verbanne alle Zeitfresser von deiner Homescreen – dann ist die Verlockung nicht so groß, sie zu öffnen. Das funktioniert wirklich!

Datum:

Tipps jetzt

Entgifte dein Smartphone 8

Jetzt mal ehrlich: Hast du das Gefühl, nicht von deinem Smartphone loszukommen? Smartphone-Sucht ist ein weit verbreitetes Problem – du musst dich dafür nicht schämen. Und dir kann geholfen werden. Je eher du dir Hilfe suchst, desto besser. Der erste Schritt ist es, mit einer Vertrauensperson über dein Problem zu reden, und es gibt Anlaufstellen mit geschultem Personal. Weitere Infos im Hilfebereich.

YOGA

Mudras
Yoga für die Finger

Mudra ist ein Wort aus dem Sanskrit und bedeutet: Das, was Freude bringt.

Mit diesen einfachen Fingerübungen kannst du deine vom Wischen, Scrollen und Tippen beanspruchten Hände entspannen, Stress abbauen und Konzentration, Inspiration und Intuition fördern sowie Schmerzen reduzieren. Die Übungen kannst du an jedem beliebigen Ort ausführen. Nimm eine entspannte Körperhaltung ein und lass deinen Atem frei fließen.

Namaste

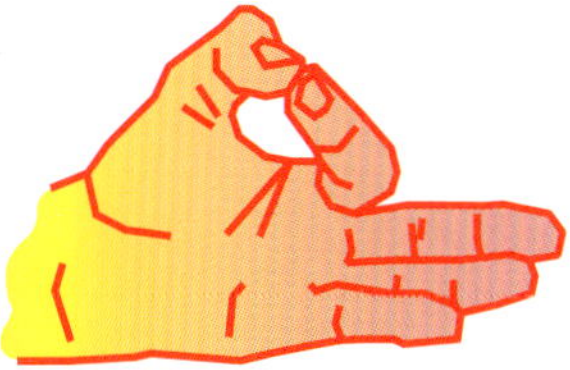

Das ist eine der bekanntesten Mudras. Du kannst sie im Sitzen, Stehen oder Liegen ausführen, wichtig ist, dass dein Rücken dabei gerade bleibt.
Dieser Mudra wird eine Steigerung der Konzentrationsfähigkeit, des Wissens und der Erinnerungsfähigkeit nachgesagt.

Diese Mudra hilft bei der Regulierung der Luftzirkulation im Körper. Sie gilt als schmerzlindernd und hilfreich bei Kurzatmigkeit. Ihr wird eine positive Wirkung bei Gelenkerkrankungen nachgesagt.

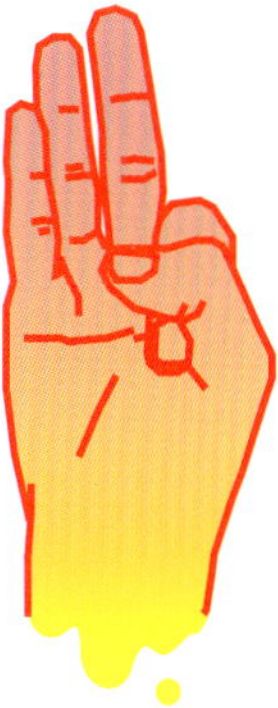

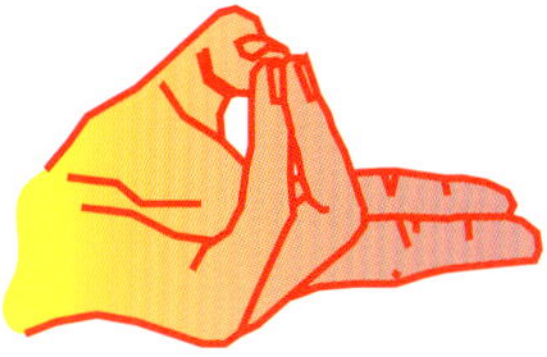

Diese Mudra stimuliert die Lebensenergie. Sie kann die Immunität stärken, die Sehkraft verbessern und bei Müdigkeit und Schlaflosigkeit helfen.

Augen-Yoga

Augenübungen helfen, die Sehkraft zu erhalten, die Augen zu entspannen und beugen Kopfschmerzen vor. Augenübungen können im Sitzen oder Stehen ausgeführt werden.

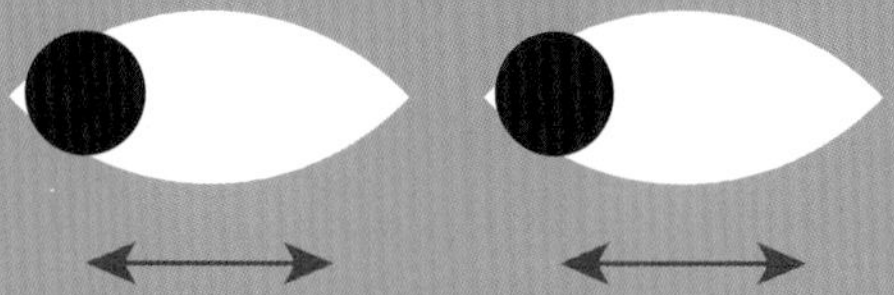

20 Mal

20 Mal

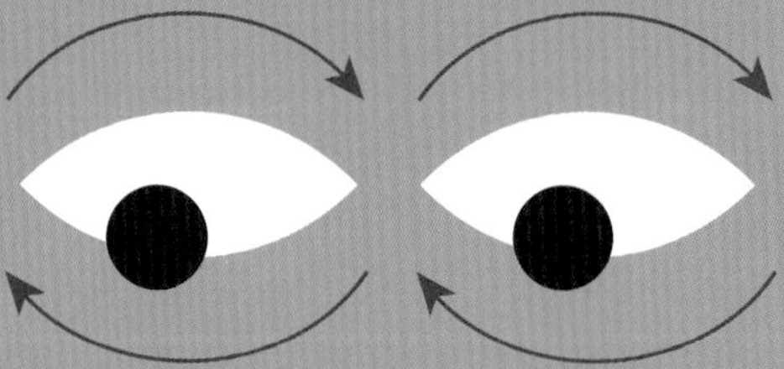

10 Mal im Uhrzeigersinn

10 Mal gegen den Uhrzeigersinn

10 Sekunden halten

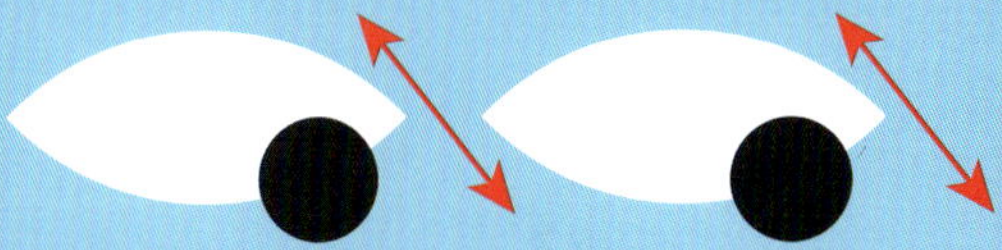

20 Mal

Schau für eine Minute in die Ferne

Wolken

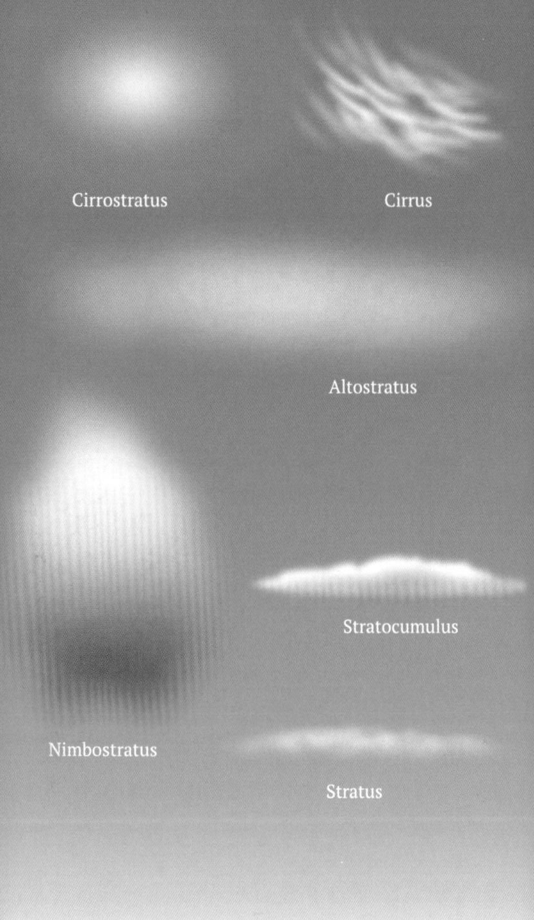
Cirrostratus
Cirrus
Altostratus
Stratocumulus
Nimbostratus
Stratus

Cirrocumulus
Altocumulus
Cumulus
Cumulonimbus

Meine wichtigsten Kontakte

Name	Telefonnummer / Adresse

Meine wichtigsten Kontakte

Name	Telefonnummer / Adresse

Auflösungen

Nonogramm, Streichholzrätsel

Piano

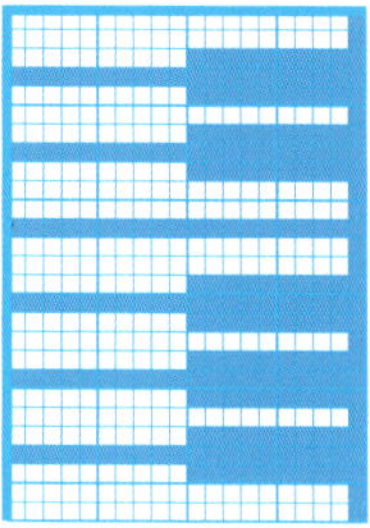

Raumeindringlinge

Banane

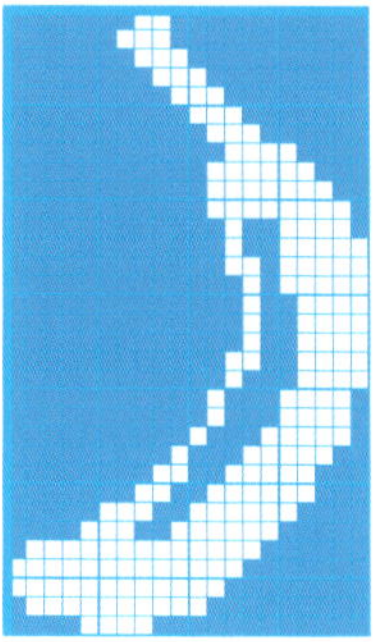

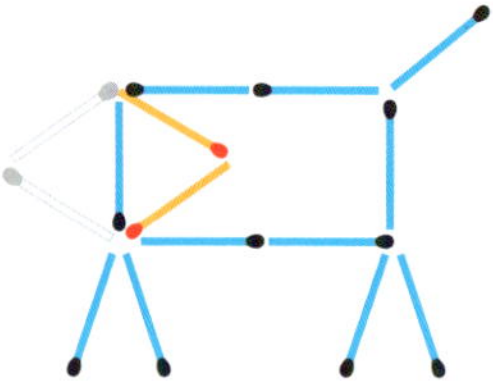

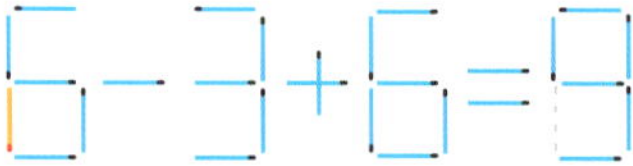

Auflösungen

Braintrain

1. Die Lok schiebt den grünen Waggon auf die Brücke.
2. Die Lok fährt rückwärts zum orangenen Waggon und zieht und schiebt ihn in das Depot.
3. Die Lok fährt über A zum grünen Waggon und zieht diesen auf Punkt A.
4. Die Lok zieht den orangenen Waggon aus dem Depot zu Punkt B.

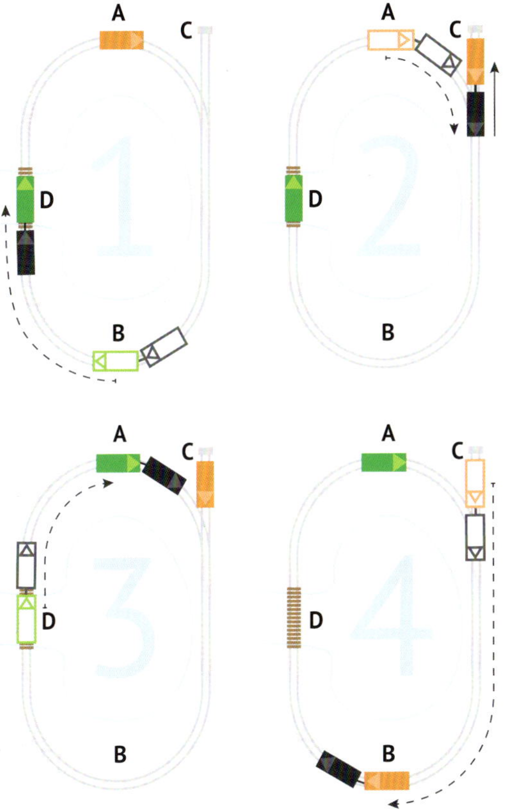

Info

Quellenangabe jetzt

1. Chatbot:
braininstitute.pitt.edu/using-lots-social-media-sites-raises-depression-risk

2. Paper Dating:
blog.gotinder.com/powering-tinder-r-the-method-behind-our-matching/

apa.org/news/press/releases/2016/08/tinder-self-esteem/

3. Wundersame Tierwelt: iucn.org

4. Entgifte dein Smartphone:
niemanlab.org Studie unter https://tinyurl.com/u6e7z65
Auf meetup.com/de findest du Gruppen, die sich treffen, um gemeinsam etwas zu unternehmen.

Hilfe jetzt

Mobbing:
www.hilfetelefon.de/gewalt-gegen-frauen/mobbing
Tel: 08000 116 016 - Das Hilfetelefon des Bundesamt für Familie und zivilgesellschaftliche Aufgaben ist rund um die Uhr kostenlos erreichbar.

Weitere Informationen zum Thema Mobbing unter:
www.prettyanalog.de/mobbing

Smartphone-Abhängigkeit / Internetsucht:
Siehe dazu: www.prettyanalog.de/internetsucht

Privacy:
Siehe dazu: www.prettyanalog.de/privacy

Autoren

Ole Kretschmann
Idee
Autor

Ksenija Sundejeva
Illustration
Gestaltung

Robin Bachmann
Idee

Pretty Analog Verlag
Inh. Ole Kretschmann
Lübbener Str. 6
10997 Berlin
info@pretty-analog.com

Ich bin kein Dummes Buch

Druck und Bindung:
Druckhaus Köthen GmbH & Co. KG - 06366 Köthen

ISBN 978-3-9486270-00-3

www.pretty-analog.de

klimaneutral
und sozial engagiert
natureOffice.com | 1UZ-BSC-645276

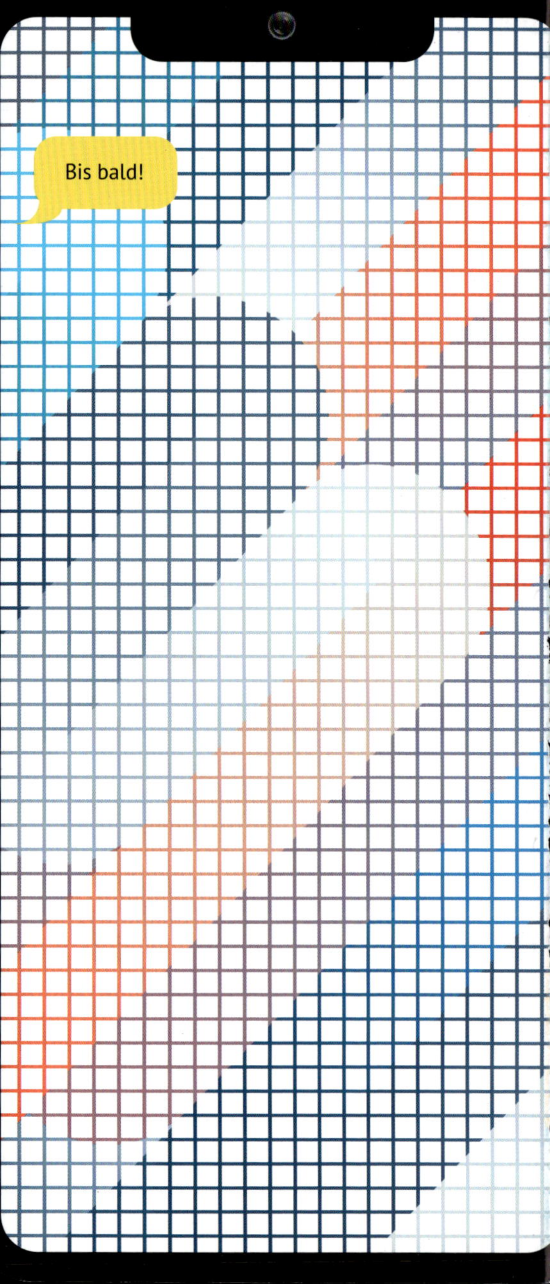
Bis bald!